童話【無菌室】

マリィ

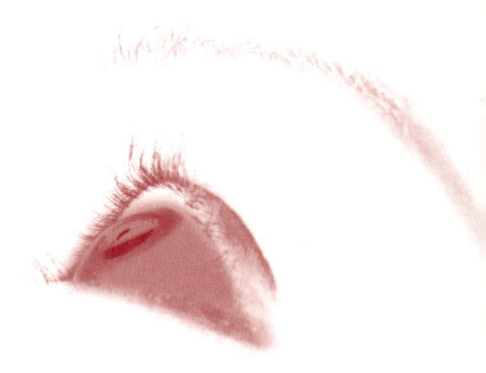

文芸社

心という繊維を引き裂く悲しい伝染

走りだす子供たちのアキレスを
痛いと泣く僕らの目の前で
ちぎって見せた

何が起きても構わない狂者は周りを壊すだけ
転がるように帰るという

大人になれない子供たちの
帰る場所

おかあさん
ひどいひどいいたみをこえて

　あたしをうんでくれてありがとう

　おとなになることが
　げんじつでした

童話
【無菌室】

マリィ

あるところに一人の少女が誕生しました
雪のように真っ白な肌を持ち
林檎のように赤い大きな目を持った
可愛らしい女の子でした

少女がこの地上にはじめて立ち上がった日
神々が処刑されたとの歴史ある日でした

パパは
そんな命日に
少女に鏡を与えることにしました

少女から女性になっていく過程を
包み隠さず映していけるように

逃れようのない深い糸が
沈んでいきます

そこには腐った藻が絡まり
ひしめきあって
生きた海を殺していくのです

その歪んだ色は
人類にとっての確かな絶望でした

背中に切り刻んでほしいのです
すべての現象を

空は青く
緑は茂り
風は正しく無機質に
少女はありふれた環境の中で
何一つ不自由なく
元気に育っていきました

少女はバレリィナを目指していました

少女は小さい頃からいつも
床に這いつくばり
全身をくねらせてポーズを取りました

それは神に対する敬意だと
少女はパパに教えてもらっていたのです

神さま
いいバレリィナになれますように

少女は毎日跡をつけていました
今日もいい天気です

少女は木漏れ日射す稽古場で
光透け体をしならせていました

やがて四歳になった少女は
真夜中不審な声で目が覚めました

なんだろう

広い廊下を歩いていきます
夜の帆が揺れています

電音響く深夜の台所を抜け
つきあたりの寝室から漏れる愛しい声

少女は凍りそうになりました

自分のパパとママが
別人の顔してからみあっているのでした

痛めるパパに
喘ぐママ

そのドアの隙間から見えた
あまりにも異様な光景に病を感じ
少女は見なかったことにして
自分のお部屋に帰りました

部屋に帰った少女はなぜか苦しくて苦しくて
そこに横たわってる人形の髪を引き千切りました

きらきらしたお目目も爪を立てて
どうにかしたかったのです

人形は潰しても潰しても
大きな瞳で微笑みかけてくれました

少女はそこにうつむく子猫をぎゅっと抱きました
子猫の背中はふっくらとしています

呼吸の回に膨らむ生命

少女はそのリズムを見て少し楽になりました
深い夜の中でその吐息を聞きながら少女は眠りにつきました

まだあどけない小さな小さな瞼のなか
黒いマグマが滝のように縦状に流れはじめました

少女はそのドグマを追いながらも
ゆっくりと少しずつ
やがて着実に
夢の世界へと
降りて
い
き
ま
し
た

そこは霧に包まれた
暗い森の世界でした

〈前夜祭〉

不気味に静まり返った木々
空を見上げれば
半月が青く流れ落ちています

めちゃくちゃに黄色いの垂らして
最期に真っ赤な細胞を飛ばしたようです

赤い斑点があたり一面
花吹雪のように
暗闇にさえざえと
大胆に自由に飛び回り

少女はつかまえようと
両手を伸ばしました
すると
突然
地がうなり
ピカッと光り千切れ
爆音がしたかと思うと
少女の眼球から
色彩が消えうせました

少女の足元にはたくさんの虫が
つぎつぎと苦しそうに痛そうに
もだえ落ちながら死んでいきます

少女は落ちていく虫たちを
必死に手で掬おうとしましたが
小指にさえ
触れることができませんでした

同時に
割れたシンバルのような
強い強い
爆音がこっちに
向かってきています
死の行進隊は
そんな激音を引き連れながら
少女の小さな耳や体に大きな穴を作っていきます
体がなくなっちゃう

少女はひどい恐怖に
引き裂かれるその方角を震えながら見上げました

すると
向こうから
心を落とした青白い灰人が
斧を振り回し
こっちに向かってくるのです

少女は失いそうになる意識を保ちながら
ふいに隣で震えうずくまっている少年の手を握り
一緒に駆けていきました

よく見ればそれは
少女のお兄ちゃんだとわかりました

少女の知らないところでいつか死んでしまったはずの
お兄ちゃんでした

少年は悲しそうにあきらめています

少女は強く手を引きました

別々に捕まったら
きっと焼かれちゃう
そんなことがあったら立ち直れない

そんなことさせるものか

少女は少年の手を
二度と離さないように強く握りました
が
螺旋階段が目前にあらわれた頃
少女は一人になっていました

逃げても逃げても魔物は追いかけてきています

少女は一人
階段を
した
ま
り
が
あ
け
か

息をきらして
どこまでも続く螺旋を
必死に逃げました

階段は天へ続いているようです
永遠のように
果てしないのです

次第に少女の足は絡まりはじめ
限界をむかえました

羽があれば
飛べるのに

あたしは人間だから

もうだめ
そう諦めた頃

少女は大きなお目目の可愛らしい視線を感じました

きょとんと
動きを止めた木馬がまたがれといわんばかりに
広い階段の真中にいるのです

少女は走れることを信じ
またがらずにはいられませんでした

ゆらゆら
ゆらゆら
ぎしぎし
ぎしぎし

微笑んだ木馬が
不気味な音をたてた

その瞬間

魔物の大きな大きな笑い声が
世界中に響きわたりました

少女は
すとんとどこかに落ちる感覚に襲われました
たやすい罠だったのです

そこは絶望世界でした

魔物たちは少女を
暗い牢の中から
ときどき出しては

ふかくたっぷり
愛しました

目のなかに
いれても痛くない

ころがしては
あまりに可愛い
赤い赤い果実

魔物たちにとっては初めての産物でした

ある日
対面する牢の中に
少年が置かれはじめました

嫌がる少女を牢から出そうとするたび
少年は魔物たちにむかって吠えていました

気にいらない魔物たちは
少年の前で少女を喰わえたり
過激な体位を増殖させました

おさまらない魔物たちは
逃げ回る少年をとっつかまえては
火あぶりしたり

笑いながら
少女の前で少年の骨を
一組ひっこ抜いて見せました

見ていられなかった少女は
自ら
耳と目を壊しました

少女から流れる血液はすでにもう青色でした
少女はその日から悲しき心を捨てました

少年もまた日に日に痩せ細り
焼きただれた皮膚を腐乱させながら
心を亡くしていきました

少年の血もまた
冷たく深い青色になっていました

少年は牢の中で失った破片を
いつまでもいつまでも探しながら
壁に何度も何度も身体をぶつけていました

どんどんどん
ど どん どん ど
ん ん ど どんど ど
ど ど どん ど
んん ど
ど ん ん ん

悲しいロックでした

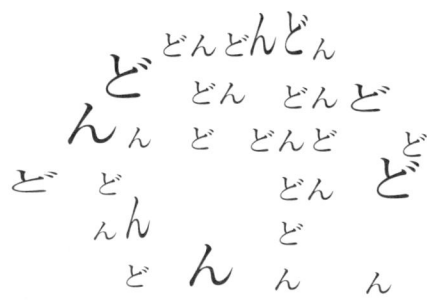

少女はいつでも
対面していた少年を
心深く描いていました

少女の影にはいつもそんな姿と音が
消えることはありませんでした

夜の鏡に映る少年は少女に伝えました
少年は透明になって揺れながら少女に重なりました
少年は少女の耳元でささやきました

　　「僕の首輪になって」

少女は手首を差し出して絶対忠誠のポーズを高く掲げました
少女は強く復讐を誓いました
少年は優しく微笑みこくり頷きました

それぞれの牢から流れた二人の血液は
冷たいコンクリートをつたい
交ざりあって
やがては静かに息を伏せました

　　　　うまれかわったら
　　　　いっしょになろう
　　　　しあわせにくらそう

いつだって
少年の痛みは少女の痛みでした

〈復活祭〉

真っ白い砂の下
どれだけの月日が流れたのでしょう
貝殻が化石であるかのように
長い時を越え
少女はそう呼びかけます

「ホネヲカエシテ」

少女の涙が砂漠に一雫落ちました
すると砂が一斉に動き始めました

サ――――――――――――――――
……………………………………
……………………………………
……………………………………
……　　……　　…　　…
………　　………　　…　　……
……　　…………………　　…

感応した砂漠が答えようとしています
何かを表現しようとしているのです

……
……　　…
………………
…　　……
………　　……
……　　……
…
…　　…
…　　…　　…
………　　…　　………
………
……　　…　　…
………………
…　　…　　…　　…
……
………　　…
…　　………
…　　……

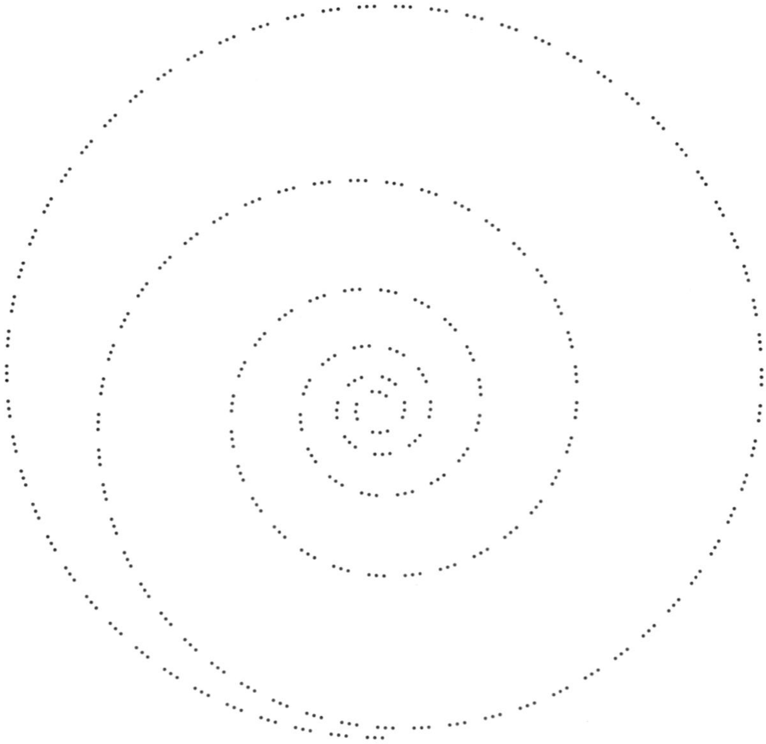

⋮ ⋮ ⋮ ⋮ ⋮ ⋮ ⋮
⋮ ⋮ ⋮ ⋮ ⋮ ⋮ ⋮
⋮ ⋮ ⋮ ⋮
⋮ ⋮ ⋮ ⋮ ⋮ ⋮ ⋮
⋮ ⋮ ⋮ ⋮ ⋮ ⋮ ⋮
⋮ ⋮

夜の砂浜に浮かびあがってきたのは
少女が愛した少年の顔でした
いつかの少年の深い深い声が夜空に広がります

忘れたくないな

少女はそんな声を
抱いて眠りました

⋮ ⋮ ⋮ ⋮ ⋮ ⋮
⋮ ⋮ ⋮ ⋮ ⋮
⋮ ⋮ ⋮ ⋮ ⋮
⋮ ⋮ ⋮ ⋮ ⋮ ⋮ ⋮
⋮ ⋮ ⋮ ⋮ ⋮ ⋮ ⋮
⋮ ⋮ ⋮ ⋮ ⋮ ⋮ ⋮
⋮ ⋮ ⋮ ⋮
⋮ ⋮ ⋮ ⋮ ⋮ ⋮ ⋮
⋮ ⋮ ⋮ ⋮ ⋮ ⋮ ⋮

サンゴは骨に似てる
ひろって笛にしよう

首から吊そう
永遠に

少女は黒く長い長いベールを床に流しながら
冷たい教壇の上　正式に誓約を交わしました

運命は夜の行進と化しています
静かに朝が訪れました
不思議な夢でした

（昨日見たパパとママが
嘘でありますように）

少女には
変わらない現実でしたが
めぐる数日と共に
すぐに忘れていきました

少女は今日も元気に
バレエに励んでいました

〈後 夜 祭〉

神のお祭りがやってきました
その日は輝かしい満月でした

パパは少女を連れて教会のパーティへ行きました

パパは真っ赤なドレスとマントを
少女に用意しました

頭から足まですっぽりと赤に包まれた少女は花のようでした

唇にはオレンジの果汁を塗り
額には十字架を描いてくれました

さらにパパは
赤のドレスに黒い斑点をたくさん書いてくれました

「　てんとう虫だよ　」

少女はうれしくてうれしくて踊りました
少女はうれしくて何度も何度も鏡を見ました

パパはこうもりのような格好に変身しました

りりしいオヒゲがぴんとしています

黒色が美しい艶を帯びています
まるで水浴びのカラス色

少女はどんな色もよく似合う
ハンサムパパが大好きでした

闇に隠れた昆虫たちが次々と会場に向かいます

少女は仲良く並んで
パパと夜道を歩いていきました

足元には小石が光っていました
何かの目印のようでした

引きつけられてく
強い磁石

それは人間の死の象徴

そこへ向かうように
そこを目指すように
そこで出会うように
そこで目覚めるように

不気味な入り口を
通過します

不思議なキノコが光っては
通路を照らしています

ほら穴をぐんぐん抜けていくように

するると

そこは華やかな社交界でした

様々な格好をした人たちが
独特の匂いの室内で
伝統ある骨組を披露しています

長い爪の魔女もいます
少女は恐くてパパの後ろに隠れました

食卓には
おいしそうな料理もたくさん並べられています

お菓子の家もありました

少女はそこで集まっているアリさんたちから
キャンディをもらいました

少女はご機嫌にパパを見上げて
もらったキャンディを口のなかに含みました

両手のなかからまだまだあふれる
かわいいかわいいこんぺい糖
少女は踊りたくなりました

少女は全身広げてばんざいしました

すると向こうから
ヤリをもった虫歯菌のような人が手を振ります

「　歯をみがかないとやられちゃう　」

「　やられちゃう　」

虫歯菌は少女の耳元で何度もささやきます

少女はすごく嫌な気持ちになりました

　ハブラシ
　ハブラシ

少女はふと家で留守番をしているママを思い出しました

心細くなった少女は
どこかに行ってしまったパパを探しはじめました

まばゆい舞台をすすんでいきます
刺激的な地画です

たくさんのロウソクが揺れています

その向こうで
仮面をつけた女の人たちが男の人たちと踊っています

それぞれがだんだんに甘くゆるんで
包みあい真っ赤にふさがってゆくのです

火のせいかまどろんで見えすぎる大人の光景に
少女は恥ずかしさと同時に胸が波打ちました

パパはそのなかで
鮮やかな羽根を持つ女の人と
舌をからめていました

少女はなんとなくママ以外は嫌でした

「　パパ　」

「　パパ　」

少女はそのなかに割り込んで大きな声で
パパを呼びました

少女とパパは手をつないで
テラスへと出ました

美しい満月のなかで
赤い魚が泳いでいます

　夜風が一粒一粒
　　砂金に変わっていきます

今夜は一年に一度の幻想世界なのです
イケニエを高らかに捧げます

そんな絵本のような世界のなかで
少女はそれはそれはとてもとても美しい紫色の蝶を見つけました

蝶から流れる冷たい雫を飲めば
人は永遠に
化身になれるのだと聞きます

つないだ手をたよりに
少女はパパに泣きぐずり始めました

「　ちょうちょになりたいな
　むらさきいろのちょうちょがいいな　」

少女は少しだけ自分の黒い斑点が嫌になりました
パパは不気味に微笑みました

少女は別の部屋に座らされて手足を縛られました

「　これは神様の大切な儀式だからね
　　いい大人になれるようにね
　　ママには絶対内緒だよ
　　きっと素敵なちょうちょになれるよ　」

少女は少し怖がりながら小さくうなずきました
天井には黄と黒のまだらな蜘蛛が
うじゃうじゃと巣を略奪しあっていたのです
パパは口の中に何か酸味の利いた味液を注入しました
少女は粘膜で動きが取れません
赤い一匹の蜘蛛が少女の上に落ちました
その毒蜘蛛が牙を立て全身を痺れさせます
少女はなにもできずにただぴくぴくと痙攣を繰り返していました

パパは少しふくらみはじめた少女の体にそっと侵入しました
痛くて痛くて
少女は息途絶え
少し声をあげました

少女は蝶より神を信じていました

少女の唇はタラコのように膨れあがり
紫色に変色していました

アナタはうまく蝶になれましたか

それからのパパは
ママが留守のたびに少女を可愛がりました

パパが縄を持つと
少女は自ら喜んで手首を差し出すようになりました

少女の目は黒く覆われ
ただ浸される快感のなか

　　ゆらゆらゆらゆらゆらゆらひ

まばゆい光を見るようになりました

いつか　どこか
不思議な神秘をまたいだような
時代があったかな

少女は遠い何かを思い出していました

砂漠のラクダのような

なつかしい
なつかしい
流れる感じ
こする
水の音

「　ゆれるたびにすてきなちょうちょになってく
　みんなこうしておとなになっていく　」

パパは次第に
大人になっていく
少女を痛めつけたくなってきました

可愛らしく揺れる少女を最初は軽くつねったり
次第に息ができないぐらいに押しつけたり塞いだり
そしてまだまだ小さな少女の体をぴしゃりぴしゃり
音を立ててぶつようになりました

少女はいつからか
そんな荒々しさを日常としてとらえていきました
少女の体にはたくさんのアザができていました

不審に思いはじめたママはある日
買い物に向かう足をしばらく後に引き返したのです

ママはその場面を見て悲鳴をあげました

パパはその悲鳴に飛び上がり
疾風のように去っていきました

少女は何が起きたかわかないまま
はりつめた空気を読み取り体が震えはじめました

そしてどうしようもなくママの顔を見つめました

（ママ、笑って）

ママはその悪気ない
少女の顔に
今夜の夕食のために買ってきたトマトをぶつけました

少女の顔は赤く飛び散り
白いスカートも
汚れてしまいました

「　ママ、ママ　」

少女は
何かに怯え続けました
それを埋める何か

それが
いつだって
　　ママだったのに

それから
その日のママは一言も話してくれませんでした
何か思いつめている様子でした
どうしたらママがまた優しくしてくれるのか

少女はママにお気に入りの人形を見せましたが
人形の髪は引き裂かれ
少女も一緒に壁にぶつけられてしまいました

抜けた髪が束になっては悲しく落ちていました

「　オナカすいた　」

少女は猫のエサを食べました
もう一つ食べました
もう一つ食べました
もう一つ食べました

いつのまにかママが後ろにきていました
ママは少女を殴りとばし
さらに猫のエサをぶっちゃけて
行ってしまいました

お風呂の流れる音がしました
ママはお風呂に入ったんだな
しばらくするとママは少女の髪をつかみひきずっていきました

お風呂のお湯はいっぱいでした
少女は浴槽のなかに何度も顔を沈められました

一気に吐きかけた戦場のようでした
ママは気がすんだのか
静かに姿を消しました

少女はおそるおそる鏡を見ました
少女の顔は真っ赤にただれていました

少女はママを
ママはパパを
パパは少女を愛してたのなら
　　　　　　ばかみたい
　　　　　　みんなじごくにまとめておちればいいのに

子供にとってのママの不在
それこそが恐怖の塊でした

ちぎれるような痛み
母体は確実に分離を始めました
共有した時間を忘れぬよう胎児は闇の中で
おそるおそる心の目を開きました

しばらく少女は
自分の部屋で眠ってしまっていたようです

目が覚めて痛い現実を思い出しました

あんなにこわいこわいママ
ゆめだったらいいのに

なにかすごいことがおきたんだろうな

逃げていったパパのあのまんまるのお目目
うそだったらいいのに

思い出してはまた
その何かがわからないまま
少女の体はガタガタと震えはじめました
少女の心臓がドクドクと音を立て
薄い心を一針一針きつく縫いつけるのです

ちくちく
ちくちく　　　た
い　い
い
た　た
い　　い
い
た
い

窓からは三日月が見えました
夜になってしまったようです
それに気付いたと同時に少女は背後に嫌な気配を感じました

遠くからパパの笑い声が聞こえるのです

広い闇の中
少女の糸が一本
ピンと
はりめぐりました

サカリのついた可愛らしい猫の化け物のような叫びが
壁を引き裂いています

動物の本性が空中散布のように
少女の頭上からばらまかれました

少女はうずくまって耳をふさぎました
殺中スプレーのような苦しみを帯びながら
声のする方へ転がっていくと
天井には大きな大きな穴があいていました

この世のすべてを飲み込む巨大な胃袋のようでした

少女はただならぬ出来事をひしひしと感じ
焦ってママを探しました

寝室では開いた窓からカーテンが揺れていました
ママはそこにうつぶせていました
ママはベットの上で
痛そうに
嬉しそうに
息苦しそうに
横たわり
もうだめだという顔で
少女を見つめました

ママは二度と立ち上がれないぐらいの圧力を受けていました

「　うぉーーーーーーーーーー　」

突然
少女の家を貫通するような
引き裂くパパのおたけびが聞こえてきました

決定的な銃声でした

現実以外のなにものでもない
幼い直感が鋭く走ります

パパが死んじゃう

現場にかけつけた少女には
天井からのきしむ音が聞こえました

この上で何かが確実に起きているのです
少女は目を見開きました

天井は落ちてこないだろうか

そう察知した少女は椅子を使っておそるおそる
天井の穴をのぞきました

覗いたその先
少女の息は消えました

気配さえ恐怖で消したかったのです

天井裏にはたくさんの電線がありました
それに絡まったパパの皮膚からは
煙りが出ていました
パパの口は不様に変形して
鳥のように丸く開いていました

眼球は飛び出し
その周りには
猫らしき肉片が飛び散っていました
その無残なあまりの光景に
少女の心は心を越えました

このよにはあくまがいるんだと
たしかにうめこんで
しょうじょはにくたいをすてました

それからの少女には記憶がありません
思い出そうとしても思い出せないのです

ただ閉ざされた真っ白い部屋で
ぼんやり浮かぶ自分の姿が見えました
そこは教会のようでした
少女は毎日祈りをささげていました

少女は魂をなくしていました
少女の抜け殻はどこかで生きていたようです

だれとでもわかちあえたら
　おもしろくもない
いい人になんてなりたくもない

わずかなわずかなせかいのなかで
　だれかぼくをひつようとしてください

幼くうしなったおそろしいもの

たくさんの大人がこれをよんでください
　よるになったらぼくをのぞいてください

僕たちが大人になれば
　あきらかに武器を持って
　　世界に復讐を犯すでしょうから

その前に
僕たちの心を見て下さい
僕たちとまっすぐに向きあって下さい

十年の年月が経っていました

少女の体は正式に大人になりました
少女の中に流れる真っ赤な血が体外に流れ始めると
少女は鏡の向こうにもう一人の自分を見るようになりました

少女の体に魂が戻ったのです

それは体外受精のように
ゆっくりゆっくり育まれてゆきました

その頃から少女は頻繁に倒れるようになりました

抜け殻で過ごしていた学校生活
施設での無言の暮らし
友達との会話、授業、母や父のこと
すべてが思い出せないのです
何かが大きく同意しないのです

自分はなぜここにいるのか
　なんのために存在するのだろうか

地球とは地上とは風とは未来とは時間とは
歴史とは言葉とは国境とは記憶とは数字とは

すべての風景が記号となり
少女に押し寄せたのです

一度飛び散った脳を
現在の口では揃えなかったのです

少女の頭蓋はぐるぐると
渦の池に生き埋められていきました
自らの重みによってあまりにも不純に

少女は存在の誕生から
憎い矛盾に
血管がつまりそうでした

あらゆる流れがスムーズに通水してこそ今があるのです

この指はこの鼻はこの顔は何だろう

何のために肉体を得ているのか
少女は胎内から排出される血を触りました

どろんと流出した真っ赤な真っ赤な体液

生臭い現実
あまりにも現実

少女はその血を顔に塗り
口に含みました

生白い舌感

あまりにひどい
おぇっ
少女はもどしてしまいました
自分が何を食べたかも曖昧なまま
胃の中からは様々なものがどろんとあふれ流れてきていました

少女は東西南北うらがえらせては
攻撃的に自らの指でも
何度も何度も憎い喉を突きつけました
爪を立ててぐさりぐさりしたかったのです

おえっ

過去をもどす行為
この世に与えられた貴重な食生を
神ならきっと空に大きくばってんを描く

最後の防衛反応が機能します
少女の中で
高らかに
警報器が鳴り響いたのを
少女自身が一番よくわかっていました

臨界でした

悔しい
少女は目から鼻から口から
あらゆる器官からの液を放出させました

足元には温かい尿が流れています
少女はもうわからなくなって
したたる血液と混ぜ合いました

マーブルにしてみよう

いつの間にかそんなお絵描きに夢中になったところで
施設の大人たちに発見され
少女は病院に収容されてしまいました
少女は自分を取り押さえる大人たちの髪を
引き裂き抵抗しましたが
たくさんの大人たちの力には勝てませんでした

いつの間にこんなに大きくなって
なぜここにこうしてまだ生きているの

少女でいたいのに
どうして
どうか
少女のままでいさせて

白い病室に
隔離された少女は
ついに力尽きてしまいました
現実に機能できなくなり、日常から離れていったのです
凛凛としたせせらぎの鈴
たくさんの心が横たわる墓場
たくさんの夢を見ながらさまざまに飛んでいる

紫

黄

緑

白

青

桃

光

赤

泡

臨終

月

魂

星

気

波

心

珠

天

粒

滴

少女は白い廊下に浮かぶその花たちに見とれていました

病室ではほとんど眠っていましたが
時々目覚めてお絵描きをしていました
病院の先生が何を書いているんだと尋ねると
少女は火だるまの人間を見せました

「　冷たいお水が飲みたい　」

そう言ったのを最後に少女は示すことがなくなったのでしょう
目覚めることなく眠り続けるようになりました

目覚めることが絶望だったのです
眠り続けることが現実だったのでしょう

先生は見ていられなくなり
十六才になった少女を妻にして山へ運びました

残りの人生を少女との暮らしに捧げたのです

先生は
少女を自然のなかで育てることから始めました

澄んだ空気のなかで
少女は少しの言語障害を残しながらも
立ち上がれるようになりました
肉や魚を一口食すだけで少女の体は湿疹で溢れるのです
少女は先生が気遣って調理してくれた菜や野菜を食べて
元気になっていきました

大自然の夕日に感動しては笑うようにもなりました
先生はそんな少女のがんばりをみて頭をなでました

あるとき川岸まで連れ
先生は少女にシャボン玉を見せました

少女は夢中になり
なぜ水面に浮かぶのかと尋ねました

先生は幻想だからだよと言いました

ぴんくがまいおりた
いちめんの夕に
うかべる
げんそうだま

すあしをさらけてちゃぷりとつかる

いまにもとじては　ほらきえてゆくよ

少女は悲しそうに歌いました

先生はそんな少女の歌をじっと聞きながら
大丈夫だよと抱きしめました

幻想に浮かびたい
やがては気体になる
あたしが水だということに誰も気付かないの

あまりにもくすぐったくてこっそり笑った
水面が揺れた

少女はとても幸せでした

少女が健康を取り戻し始めたある夜のこと
少女はおぞましい人格を見せ始めました

手首を先生に差し出し
縛ってと呟くのです

そう発する少女は
先生が見たこともない初めての顔様でした

誰でもいい

人間という対象物から
静かに眠る
乱暴な衝動と暴力を導いているように見える

何もかも墜落させる悪女のまどろんだ瞳
眠気を誘い吸い込まれそうになる強い瞳
判断を狂わせる

少女の背後には強い何かがいる
先生は過ちを選択しそうになる自分にはっとしました

精神学を学んできた先生は
同じ穴に落ちそうになる自分を客観的に分析しました

わざと料理をこぼしたり
少女は先生を怒らせようとする節が多々ありました
と同時に痛む心も潜んでいる少女を静かに見抜いていました

先生は少女の魔に同調しないことを誓いました
そして少女と一緒に眠ることもやめました

なんらかの手を使って
少女の背後は先生を呼びとめることに必死のようでした

ある夜は甘い声
ある夜は喘ぎ声
ある夜は艶なる声
先生は自分にも潜む欲望と戦っていました

そしてどこか懐かしい少女の泣き声
深い霧に包まれたその悲しそうな泣き声を聞いたとき

先生は心配で限界に陥りました

ただ耳を塞ぎ
冷静に努めじっと部屋には鍵をかけて耐え凌ぎました

朝になれば嘘のように
あどけなさをさらけだす
天使のような寝顔を思い浮かべ

先生の努力の成果
春の息吹が訪れる頃には
少女のもう一人の誰かは

少しずつ姿を消していきました

先生は潜んだ魔が
どこへ行ったのか
いつ蘇るのか
確実に殺す薬はないのか
たくさんの書に目を通しましたが
納得する答えは見つからないまま
少女の笑顔を見ていると
もう考えるのも嫌になりました

先生は十字架をお守り代わりに
少女に与えましたが
少女はその匂いが嫌だと
それを捨て去りました

そんな不安もいつしか消え
静かな暮らしが続きました

ある日少女は散歩の途中
可愛らしい花をみつけました

少女はその花をちぎって水面に浮かべました

花は痛いっていうのに

もう少し歩いていくと
とても不細工な茶色の花をみつけました

少女はその花をちぎって踏みつけました
もう二度と起き上がれないくらいに
足の裏ですりつぶしました

どちらかといや
その花が嫌いだった

そんな少女を見て先生は
遠くでおこっている戦争のお話をしました

少女は頷きながら
じっと先生のお話を聞いていました

少女はどうしようもない気持ちになり
涙がぽろぽろ流れました
少女はすりつぶした花を砂で隠しました

そんな少女を先生はどんどん好きになっていきました
先生は尊い涙を流すようになった少女を
強く強く抱きしめました

しばらく歩いていくと山の平手に
サーカス団が練習にやってきていました

目の中で広がる華麗なジャンプ
前後左右に広がる鮮やかな伸び
様々な色彩の衣装に合わさり
少女は雷に打たれたような電撃を思い出していました

不気味な仮面を担い
パスピエという音楽に乗せて
ワラ人形が踊り始めた瞬間
少女は我慢できなくなり
特有のステップを踏んで飛び出してしまいました

踊り始めた少女を見て
先生や団長たちは
目ん玉が地面に落ちそうになるぐらい
びっくりしてしまいました
地はびりびりと電気を帯び音を立てて揺れました

先生も少女さえも知らない
過去の断片がこの音楽によって
現実化したのです
その完璧な舞は記憶にとどまらず
少女に備わった免疫のような使命を感じさせました

先生は急に少女が遠くに行ってしまう気がして恐くなりました

(一緒にがんばってきたまだあどけない子供なのだから)

先生は強引に少女の手を引いてその場をとにかく走り去りました

団長は世界にはばたく有名な調律でした
今までたくさんの踊り子を見てきましたが
あんな才能華を持った少女を見るのは初めてでした

団長は一瞬で虜になりました
団長は急速にその場を去った二人の影を追いかけましたが
それから、二度と少女の姿を見ることはありませんでした
赤い光を忘れられず山を幾度と探しましたが
少女の髪さえ気配さえ拾えず
もうどこへ行ってしまったのか、どこに住んでいるのか
手がかりのないまま、途方に暮れ、
抜けた屍のようになっていきました
そしてあまりにも無気力のまま
団長を辞め旅人になることを決めました
男は
触れてはいけない何かを予感しながら
生涯その内なる身を忘れることはありませんでした

少女もまた
本能に応じた激しさを忘れることはできませんでした

踊っている自分
それが本当の自分

欲望より強い気持ちが血を吹き上げる
それなのにすべてを取り戻すことができないのです

本来そこにいるべきはずの何かが
手にとれない
つながらない
誰にも伝わらない
最愛の別れ
永遠の不完

一部の臓器をどこかに落としてきたちぐはぐな人形のよう
少女は少年の骨から産まれていたのです
存在を握っていた少年は団長だったのかもしれません
なぜこれほどまでの血痕の一致
強く感応しあったひどいＤＮＡ
存在の意義
魂の写生

またいつかあおうね

あの日から先生は極端に何かを恐れ
だんだんと寒くなってきた山の冬と共に
少女を部屋から出せずにいました

踊りたい
踊りたい
踊りたい

そんな衝動をひどく押さえ
半年の月日が経ちました

少女には最大の過酷と忍耐でした
長すぎたのです

とことことこ

少女は歩きます

するとそこには卵がありました

少女はその卵を飲み込んでしまいました

どうせ食べちゃうんだからね

おなかのなかで少年は笑い続けました

大きな羽根をひろげて
孕んだカマキリが上陸しました

カマキリは壊れたパイプでキリキリと嫌な音を出しながら
オスを上品に食べていました

そこからはたくさんの卵がうじゃうじゃと
ふ化していました

そんな夢を見ていました

春がきました

先生は少女を連れて
違う山に引っ越しをしました

「　もう外に出ていいよ　」

季節も外も内も踊れなければ
少女には全部が全部
灰でした

少女は白目を剝きだす癖をつけていました
少女の様子はおかしくなっていました

それに気付いた先生は
ひどく焦りはじめました

少女はまた部屋にこもり
絵を描いていました

檻を憎むかのような絵でした
少女はいつも真っ黒に塗りつぶしていました

クレヨンはどんどん少女の手によって
粉々にされていきました

少女は腹がたって
窓ガラスを割りました

殺気だった瞳で
一言も話そうとせずに
一滴も飲もうとしない少女を心配した先生は
体に悪いからと外に連れ出し強引に陽を浴びさせたのです

次の日
少女の全身は真っ赤に腫れ上がり熱を帯び
呼吸さえ困難な状態になりました
先生は街の大きな病院へと運びました

行きたくないと
少女は莫大な反抗を全身で表現しましたが
それはわずか消えそうな絞衣のようでした

地上の空気は雑菌で濁り
太陽はとても強いため
少女は無菌室に収容されることになったのです

少女はそこで以前に閉ざされた真っ白い幻想を
思い出しました
神に捧げていた毎日の祈り
　　そこはあまりにもこの部屋に似ていて

信じていること、信じていたもの
信じるなにか、信じるちから
信じるおもい
信じる信じる・・・・・・

信じるとは何か、信じるということは

この部屋に帰りたかったのかな
少女は思いました

ガラスの向こうでは先生が心配そうに
こっちを見てる
先生とあたしを隔てるぶ厚いガラス
世間からどんどん遠ざかっていく
あたしは何かに負けてしまったのだろうか
もう立てないぐらい分解してる

少女は先生を見て微笑み眠りにつきました
少女はまた夢を見ました

　どくどくどくどく

待ち続けた臓器が収縮を繰り返しています
歓喜彩る意思表示です

手術室に運ばれていく自分の姿を見ている
またもう一人の自分がいます
三編から成り立っている夢でした

先生は自分の血液を少女の脳の中に輸血しました
ストローをつたい赤い血が流れていきます
活気を得た少女の脳は先生の手をするりと離れ
踊りながら
手術室を出ていくのです

ご機嫌に跳ねながら
白い廊下を進んでいきます
病院に詳しいようです
そしてある病室の前に立つと丁寧にお辞儀をして
そっと夜の病室へ入っていきました

そこには気持ちよさそうに寝静まった遺体があります

誰だろう
夢の中なのに気になった少女は夢を動かします

のぞいてみるとそれは自分なのです
それを感知した瞬間
脳は青白く四方に飛び散り
やがて動かなくなりました

少女はそれが本当の死だと自覚しました

突然、病室の上ぼんやりと何かが浮かびあがったと思えば
ママが現れたのです

「　細胞は死んでもまた生き返る　」

それは少女の大好きなママでした
ママは変わらずとてもとても綺麗でした

「　ママ　」

温かい胸に抱かれました
頬をつたう涙で目が覚めました

少女はひどくうなされていたようです
ガラスの向こうではそんな様子を先生がずっと見ていました
うなされるたび先生は手を出したくなりましたが
もうそんな少女にはひとひらだって
触れることができない現状でした

先生はひどくひどく自分の罪を感じていました
もう限界でした
それと同時に何か行きつく果てのようなものを欲していたのです
近付く雲が真っ白でありますように
あどけない少女が真綿のような雲をちぎったり浮かべたり
楽しそうに穏やかに安らかに

踊らせていれば
この子は生き返っていただろう
おどり食いのようなその儀式を
まだ間に合うのなら
早く中断しろ

時計も光もない病室で最後に
少女は海へ行きたいと訴えました

もちろんこれ以上外の空気に触れることは
少女の命に響くことを全員が知っていたのです

先生は
抵抗の少ない夜の海へ連れていくことにしました

暗い広い夜の海では
オレンジの月がぽっかりと浮かびあがっていました
その美しさは夏のセンコウ花火そのものでした

少女は瞳孔を開かせて
わくわく
それをみつめました

砂浜に帰った少女は
鼓動をひろげて
はしゃぎまわりました

先生もそんな少女を見て
笑い声をあげては
思いっきり飛び上がりました

少女は海水を触り清めたいと言いました
少女は先生になぜ貴方は女じゃないのかと責めました
少女は先生に火を回して踊ってと言いました

先生は男も女もここまでくれば関係ないだろうと
優しく髪を撫で、木々を集めライターを近付けました

先生はそれをくるくると回して踊りました

少女は奇声を発し、闇たちを集め共に踊りました
空からは浸透する雨を降らせ消火させました
季節は夏の終りでした
楽しい夜でした

少女は痛む皮膚をこらえ海水につかりました
先生も同じように懺悔の雨を全身で浴びました

二人の　血が
夜の海の中　混ざりあい
体内に　白く帰るように宿り　ました

少女はその舞い降りた生命を
強く守ろうと思いました

ここからだいじょうぶ
いまからならやりなおせる

あたしは母になるんだから

海は潮を吹き上げました

そんな帰り道
少女はだっこをせがみました

少女は先生におんぶしてもらい少し眠りました
目覚めたら首筋に八重歯をたてる約束しました

ゆらりゆらり
月の輝く海岸線でした

少女は先生の背中で少し安らぎました

しばらくすると
少女は牙をたてました
先生の首筋からは血が流れました

痛がる先生を見て少女は笑いました

二人の笑い声が夜を幻にする力があれば
現実なんてこないのかもしれない

朝とは夢だろう

砂浜をつたうと二人は暗い洞窟を見つけました
そこで二人は冷たい冷たいお水を飲みました

ごくごく、たくさんたくさん飲みました

先生はココで暮らそうかと少女に言いました
少女はそんなの現実じゃないと言いました
少女は無菌室に帰ると言いました

先生は帰りたくないとごねました

先生は子供のように声をあげて泣きました
少女は先生に
自分の温度を伝えました

先生を抱きかかえては
呼吸の心音を聞かせました

額にキスをしました
目を閉じてこう言いました

#「　人は何度だって生まれ変わるの、
形じゃないの　」

少女は目を閉じて
確かに自分の手で
先生の鼻の形
　　　頬の膨らみ
　　　目の大きさ
　　　唇の感触をたどり

　　　　しっかりと焼き付けました
　　　　忘れないように

　　　　なんども
　　　　なんども

少女はとても強い光を放っていました
これからの未来を担うような
力強い顔をしていました

えだからはながおちるとき
すがた、かたちをけして
ないめんせかいへと
かえっていきます

それでも　また、どこかで
あたしを、ちゃんと

みつけてくださいね

次の日
白い白い無菌室で全身から血を吹きだし
少女は亡くなりました

外の空気に触れたせいか
少女の目は最後に見えなくなっていたようです

視界を失うストレスと今までの残像に襲われ
少女は最後誰の手にも追えないぐらい暴れ回っていました

最後にはこの世の音まで消失していました

せんせいありがとう
たくさんこまらせてごめんね

少女は最期までその言葉が言えませんでした
少女は子供のまま
子供に帰っていきました

ぐにゃりと
動かなくなった少女は地下室へと運ばれ
後の無菌室はひどく静まり返っていました
白い白い壁にはたくさんの真っ赤な血が
花のように残っていました

少女が打ち付けた生命の壁画でした
それは悲しいぐらいに大胆に伸びやかに弾んでいたのです

先生はそれを見て歩くことを忘れてしまい
へなへなとしゃがみこんでしまいました

先生は声を失い長い長い眠りにつきました

外には遅い朝が静かに訪れました

炎々とこだまし続ける少女の笑い声に先生は
とりつかれていました

夜になると少女の火が赤く赤く浮かんでは
甘い甘い蜜を垂らすのです

先生は舌をはわせてそれを残さず飲んでいました
先生は快楽に浮かんでいました
全身したたる快感でした

先生はそんな幻覚から帰れなくなっていました
先生の魂はどこか高く吊り下げられ笑われていました
毎夜、毎夜、そんな脱けた器で
ただ美しき火に全身全霊を差し出していました

そんな長い深い霧のなか
数年が経ちました

先生は
見守り続けてくれた女性との間に
子供を授かりました

先生は子供のおかげで立ち直ることができました
子供のためにがんばろうと
いまなお
激しすぎた日々を
生々しくぶらさげたまま

現実に
立ち上がっていきました

台所から心地好い香り流れる
日曜の穏やかな
　　　　　日常時間でした

先生は子供を連れて
海へ出ました

先生は落ちていく真っ赤な太陽に
溶けていきそうな子供の柔らかい髪を撫でながら
夕暮れの空を見ていました

ふわりふわりふわりふわりふわり

ふわりふわりふわりふわりふわり

ふわりふわりふわりふわりふわり

なにかが
水面の上を弾んでいます
その動きは
どこか見覚えのある懐かしい弦の滑りでした

全面広がる
沸きたった
ピンク色の彼方で

ふんわり
やさしく
まるく
うかぶ

それは少女の舞でした
それは少女のいつかの夢でした

少女のおなかはぷっくりと
今にも産まれそうにふくらんでいました

少女からは母性が溢れていました
少女は母の顔になっていました

少女は泣きながら
悲しそうにひとり
おなかをさわっていました

先生は
その泣き顔があまりに
懐かしく、あどけなく、悲しく、愛しく、
気化した彼女を強くだきしめようと
海の中へかけていきました

「　パパ　」　子供はおいかけました

先生はふりはらいました

「　パパ　」　子供はおいかけました

そしてまた次の日
波うちぎわでは
子供の腫れあがった水死体が発見されました

子供の首はちょんぎれていました

夕暮れの海岸を散歩した親子が
何らかのトラブルに巻き込まれたということで
一時は大騒ぎになりましたが

先生の遺体だけが見つからないまま
時間と共にこの事件は
忘れられていきました

二人の人間の生血を殺めたことで
少女は少年と人間に戻れる気さえしていました

いつかの少女は喜んで手首を差し出しました
少女は嬉しそうに牢に帰っていきました

少女は牢の中で少年に寄り添い
やっと永遠の眠りにつくことができました

赤く煮えたぎったマグマが
また地中深く海の中へ
羽根を広げ沈んでいきました

「　ホネヲカエシテ　」

子供と夫をなくした女性は
合掌し
海に花を添えました

犠牲者は誰だったのでしょう
悲しみの連鎖は続きます

浮かび上がるだけまだいいのです
いくつの深層が闇に…
押さえ込まれて
牛耳られて
目を一突きするだけで
人の心は震えながら
行き途絶える

女性は少女の痛みも
祈りました

女性のおなかの中には
また新たな命が
宿っていました

女性は目を閉じました

幻想を追い求めた現実は
ここに存在します

少女の描いた生花が
　今もどこかに息づいています

　心は未つがれても
　死んだものの顔は二度と帰らないのです

私は許さない

現実を見失った貴方たちへ
愛と毒を込めて

マリィ

The most important thing in the world is MOTHERHOOD!
世界にとって一番大切なものは母性である

May the world be full of MOTEHRHOOD!!
どうか世界に母性が溢れますように

Only sorrow does not always infect the world.
悲しみだけが伝染ではない

Let's utter powerful and beautiful sounds, shall we?
強くよい音を発していきましょう

I would like to express my thanks for giving me a good chance like this.
And I appreciate the people who helped me with this work.

著者プロフィール

マリィ

3歳からピアノを始める。
ある音楽との出会いを機に作曲などの創作を始める。
この童話は大好きなドビュッシー「子供の領分」をイメージ。

童話【無菌室】

2004年7月7日　初版第1刷発行

著　者　マリィ
発行者　瓜谷 綱延
発行所　株式会社文芸社
〒160-0022　東京都新宿区新宿1－10－1
電話　03-5369-3060（編集）
03-5369-2299（販売）

印刷所　株式会社ユニックス

ISBN4-8355-7670-5 C0092